Conserver et communiquer

BERNARD BONAFOUX

De l'Académie des Poètes

I0548507

LES

SONNETS DE PROVENCE

Première Partie

Prix : 1 Franc

SE VEND

DANS LES PRINCIPALES LIBRAIRIES DU MIDI

1875.

Ye   *38826*

Pour paraître prochainement

DU MÊME AUTEUR

———◦⋈◦———

Les Nouveaux Sonnets de Provence (deuxième Partie).

Les Joies et les Larmes, poésies, un volume in-8°.

———

THÉATRE

Tant va la Cruche à l'Eau, proverbe en 1 acte, en vers, 1 vol. in-8°.

Les Dupes d'eux-mêmes, comédie en 1 acte, en vers, 1 vol. in-8°.

Le Retour, pièce en 1 acte, en vers, 1 vol. in-8°.

———◦◆◦———

LES

SONNETS DE PROVENCE

PAR

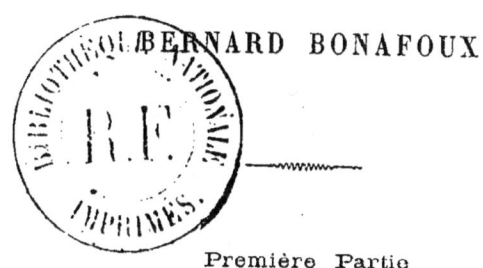

BERNARD BONAFOUX

Première Partie

38,826

TOUS DROITS RÉSERVÉS

A LA PROVENCE

L'homme qui ne connaît ton ciel , ô ma Provence !
Qui ne peut aspirer ton air pur, tes parfums ,
Qui ne te sourit pas quand ton printemps commence ,
Doit descendre à regrets au séjour des défunts.

Ton climat, Dieu le fit propice à l'abondance ;
Tes rayons de soleil ne sont point importuns ;
Ton sol sait accorder la juste récompense
Aux joyeux travailleurs aux teints rudes et bruns.

Quelle muse pourrait rester froide et muette ?
Quel pinceau ne voudrait toucher à sa palette ,
Devant tes horizons, tes belles nuits d'été ?

Le poëte des airs et des bosquets lui-même
Te chante à sa manière , et comme nous , il t'aime ;
Comment ne pas t'aimer avec tant de beauté ?

A UN MENTEUR

Vous avez dit tantôt une étonnante chose
Que je crois néanmoins, pour vous faire plaisir.
A mon tour, maintenant, permettez que je glose
Sur les jours écoulés et non sur l'avenir :

Quand j'étais jeune enfant, j'étais assez morose,
Un mot inoffensif me rendait furieux ;
D'insolence et d'orgueil j'avais ma bonne dose,
Je traitais mon prochain comme on traite un galeux.

Un jour, on m'adressa l'insulte la plus grave,
J'allai sur le terrain comme irait un vieux brave ;
D'un coup de sabre en long, le crâne on me fendit.

Et puis.... je fus bien mort ! Et vous devez me croire,
Sinon, soyez-en sûr, j'ai fort bonne mémoire,
Et je ne croirais pas ce que vous avez dit.

SANS LA FOI

> Si vous aviez de la foi comme un
> grain de sénevé.
>
> (Év.)

Vous qui ne connaissez de cette vie amère
Que le parfum des fleurs la joie et les chansons,
Que le bras du malheur et l'affreuse misère
Respectent vos foyers et vos riches moissons.

Jouissez du repos que donne l'abondance
Et ne murmurez pas si le déshérité
Regarde, en soupirant, ce que la Providence
A su vous départir sans l'avoir mérité.

Car si ce malheureux n'avait au fond de l'âme
Les principes d'amour qu'un Dieu pour lui proclame,
La foi pour affaiblir de ses jours le poison,

Ne trouveriez-vous pas qu'en sa juste colère,
S'il maudissait le jour malheureux où sa mère.
Le jeta dans le monde, il aurait bien raison?

L'ESPIÈGLE

Sur les sujets donnés ma Muse est réfractaire
Et ne m'inspire point, à mon gré, tous les jours.
S'il faut traiter la paix, elle chante la guerre,
Et quand on doit se taire elle fait des discours.

S'il me plaît quelquefois, quand je ne sais que faire,
De polir un Sonnet, je l'entends hardiment
M'imposer une églogue, et, dans sa plainte amère,
Me traiter d'infidèle et d'insipide amant.

Il faut, me dira-t-on, rompre net avec elle :
Insensé ! Je ferais ce que fait l'hirondelle,
Je retournerais vite habiter son manoir :

De l'esprit du Poëte elle est la souveraine;
Mais, que dit-elle, chut ! car je l'entends à peine :
« Je boude le matin, mais je souris le soir. »

LE FROC ET L'ÉPÉE

Il voulait consacrer sa vie au sacerdoce,
Quand on fit un appel pour marcher aux combats.
Son frère allait partir... mais il ne partit pas ;
L'abbé quitte le froc et, sur l'heure, il endosse

Une capote, et fut un des vaillants soldats !
Notre jeune guerrier n'étant point un colosse,
Combattit bravement dans cette guerre atroce
Et fut des plus heureux : il n'y laissa qu'un bras.

Mais, pendant tout le temps de sa trop longue absence,
Le foyer paternel fut exempt de souffrance ;
Car son frère prit soin des auteurs de ses jours.

Puis quand la paix revint, après six mois de guerre,
Il quitta son épée et prit son bréviaire,
Seul objet de son rêve, et le garda toujours.

LIBERTÉ

A M. RAYMOND

> La Liberté n'existe point en-dehors des
> principes proclamés par Celui qui est mort
> pour abolir l'esclavage.

Quand j'entends sortir d'une bouche
Le mot pompeux de Liberté,
Je me sens pris d'hilarité,
De stupeur ou d'humeur farouche.

Parlons avec sincérité,
Puisque de si près il nous touche :
N'est-il pas un petit peu louche?
Moi, je le crois en vérité !

Qui nous donnera sans ambage
La valeur de ce mot? Un sage
Affirme avoir connu des fous

Qui soutenaient avec franchise,
Qu'on peut l'allonger à sa guise,
Comme un ruban de caoutchouc !

UNE PETITE CROIX DE FOURVIÈRES

A Mlle B. GOURDIN

Tandis que vous étiez au sommet de Fourvières,
Votre pieuse main m'a su faire le choix,
Parmi tant d'œuvres d'art, d'une petite croix
Qui pourrait à bon droit orner ma giletière.

Tout ce que vous m'offrez avec ou sans prière
Me portera bonheur, ou du moins je le crois,
Et tout en acceptant, pendant ma vie entière,
Je vous en rendrai grâce, ainsi que je le dois.

Mais ce que j'apprécie et surtout ce que j'aime,
Ce n'est point de l'objet cette beauté suprême :
C'est que pour moi là-haut vous le fîtes bénir.

Après cette action j'ai le droit de conclure,
Sans trop m'enorgueillir et sans vous faire injure,
Qu'en votre esprit je fus l'objet d'un souvenir.

IL Y A VINGT ANS

A M. L'ABBÉ M...

Dieu nous donne des jours pour expier des jours.
JEAN REBOUL.

Voilà déjà vingt ans , ô mon Dieu ! que ta grâce
Descendit dans mon cœur ! Ta voix fit retentir
Des accents si touchants, qu'un violent repentir
Laissa dans ma jeune âme une profonde trace.

Si depuis ce temps-là, parfois, j'ai dû sentir
L'abandon douloureux causé par ta disgrâce ,
C'est que l'affreux péché venait prendre ta place
Et pour mieux me séduire osait toujours mentir.

Si je suis digne encor de ta miséricorde ,
En m'absolvant , Seigneur; que ta bonté m'accorde
Des jours pour te servir et pour te faire aimer ;

Qu'à l'esprit infernal je ne sois plus en butte ,
Que je sois triomphant, contre lui si je lutte ,
Que ce que tu maudis ne puisse me charmer.

14 août 1874.

LE PROGRÈS

A M. PAUL RICORD.

> L'homme ne progresse pas s'il s'éloigne
> de la voie qui conduit à Dieu.

Si le progrès existe, à coup sûr il se perche
Là-haut, au firmament où nous ne sommes pas ;
Car je dois l'avouer : Vainement je le cherche
Et l'appelle à grands cris en tous lieux ici-bas.

Si des inventions nous atteignons le faîte,
Si le savoir surtout rend l'homme moins pervers,
Si du bien-être ainsi nous faisons la conquête,
Si la science enfin transforme l'univers :

Comment se fait-il donc que l'homme dégénère
Au physique, au moral, et qu'on voit à regrets,
Dans ce siècle éclairé, ce siècle de Progrès,

L'honneur et le devoir n'être qu'une chimère ?
C'est que vers le Très-Haut, seul progrès, nous allons
Comme va l'écrevisse, hélas ! à reculons.

ROSE ET BLANCHE

Quand on porte deux noms, si doux et si jolis,
Quand on a d'une fleur tout, excepté l'épine,
Et quand je vois en vous cette pâleur divine
Qui dépasse l'éclat et la blancheur du lys :

Je me demande en vain quelle est votre origine?
Et quand de mon cerveau j'ai creusé les replis,
Mes souhaits sur ce point n'étant pas accomplis,
Tout en vous admirant devant vous je m'incline.

Êtes-vous deux esprits du pays inconnu,
D'où jamais voyageur, dit-on, n'est revenu?
Où l'on peut savourer le nectar, l'ambroisie?

Eh! quoi, vous souriez et ne répondez pas!...
Eh bien! permettez-moi de le dire tout bas :
Si Rose est le Printemps, Blanche est la Poésie.

LE SACRIFICE D'HENRI IV

Il régnait autrefois un Roi , grand , généreux :
Il avait dans son cœur un culte pour la France ,
Aimé par son esprit, chéri par sa vaillance ,
Sous son gouvernement le peuple était heureux.

Nos aïeux n'ont jamais perdu la souvenance
De son royal souhait dont il faisait l'aveu :
« Je voudrais , disait-il , que l'excès d'abondance
« Pût permettre à chacun d'avoir sa poule au feu. »

Vous devinez déjà , du moins j'aime à le croire ,
De qui je veux parler !... Sans connaître l'histoire
Nul n'ignore aujourd'hui que Paris n'est point veuf

De son buste à cheval planté sur le Pont-Neuf ;
Qu'il fut grand dans les jours de guerre satanique !
Pour sauver le pays, il se fit catholique.

1ᵉʳ Novembre 1873.

LE GROS ORMEAU DE BRIGNOLES

Je te retrouve encore, après quinze ans d'absence,
Ormeau de tous les temps, tu ne péris donc pas !
Les générations, qui jadis sous tes bras
Venaient chercher l'ombrage, ont perdu l'existence !

Dis-moi, mon vieux géant, puisque tu n'es point las
D'assister au revers de notre pauvre France !
A quand le jour béni de notre délivrance ?
N'étant que du passé, tu n'en sais rien, hélas !

Jadis tes flancs percés ont pu servir d'échoppe
A ce vieux savetier qui, dégustant sa choppe.
Et tirant son ligneul, chantait le gaî refrain.

A cette même place on lit le télégramme,
L'affiche d'une fête avec son long programme,
Des discours bien payés arrivés par le train.

1874.

LES DEUX BLESSURES

Vous me fîtes jadis au cœur une blessure.
Je n'ai pu la guérir ; et, croyez, sur ma foi,
Que, malgré les tourments que, depuis lors, j'endure,
J'ai su vous pardonner ; et savez-vous pourquoi ?

C'est qu'au plus haut degré vous êtes séduisante,
Vous avez un aspect noble et majestueux,
Vous avez de l'esprit, une voix ravissante,
Un sourire à sécher les pleurs de tous les yeux !

Pour souffrir loin de vous, je disparus, Madame,
Et vengeai mon pays qu'on mettait tout en flamme.
Un boulet maladroit m'emporta les genoux.

Et je ne pus mourir. Dans ma double torture,
Je préfère et chéris ma première blessure,
Par la seule raison qu'elle me vient de vous.

LES ADIEUX

Ainsi donc, tu t'en vas, il faut quitter ta main,
Je n'ai plus qu'à m'assoir sous la croix du chemin
Où tu me laisses toute seule.
Hip. Violau.

Tu vas, mon cher mari, dans un pays lointain,
Pour acquérir de l'or, aventurer ta vie ;
N'appréhendes-tu pas que la vague en furie,
Dans un instant maudit, n'abrége ton destin ?

Écoute les avis d'une épouse chérie
Qui de ses pleurs brûlants arrose encor ta main ;
Diffère ton départ au moins jusqu'à demain,
De ne point me quitter, il peut te prendre envie.

Mais, non, tout est bien dit, vers des affreux climats,
Malgré mon désespoir, tu veux porter tes pas ;
De te voir revenir ma pauvre âme est fort aise.

Mais si l'horrible mort venait fondre sur toi,
Que je le sache vite... et l'époux dit : « Pourquoi ?
« Pour me remarier, parbleu ! ne t'en déplaise. »

HÉLAS! JE L'AIME TOUJOURS

Je croyais, pauvre sot, que je pourrais sans peine
M'imposer le silence au cœur, à volonté,
Alléguant que son trouble était de la bonté
Et que les battements sauraient rompre sa chaîne.

Mon Dieu! lorsqu'à tes pieds je gémis et me traîne
Pour que ta grâce étouffe un amour indompté,
Pour lutter vainement et tomber dans l'arène,
Sur mon calvaire encor, pourquoi suis-je monté?

Allons, puisque malgré les pleurs et le murmure
Je dois fatalement chérir la créature,
A lui plaire, il me faut aspirer désormais;

Si cependant le temps, dans sa rigueur extrême,
Détruisait sa beauté!... la femme que l'on aime
Ne saurait enlaidir et ne vieillit jamais!

BIBLIOTHÈQUE NATIONALE R.F. IMPRIMÉS

BRIGNOLES. — IMPRIMERIE DE A. VIAN, RUE DU PORTAIL-NEUF.

www.ingramcontent.com/pod-product-compliance
Lightning Source LLC
Chambersburg PA
CBHW061514170626
46811CB00004B/1723